JACQUES DAMOUR

PIÈCE EN UN ACTE

Représentée sur le Théâtre national de l'Odéon,
le 22 septembre 1887

11400. — BOURLOTON. — Imprimeries réunies, A, rue Mignon, 2, Paris.

JACQUES DAMOUR

PIÈCE EN UN ACTE

Tirée de la nouvelle d'ÉMILE ZOLA

PAR

LÉON HENNIQUE

PARIS

G. CHARPENTIER ET Cie, ÉDITEURS

11, RUE DE GRENELLE, 11

1887

Jacques Damour

Hennique

Th. Antoine

2 Mai 1904

Damour	Antoine
Berru	Signoret
Sagnard.	Mosnier
Félicie	Grumbach
Françoise	Marley
Petite Pauline	Petite Henriette.

PERSONNAGES

JACQUES DAMOUR...........	MM.	PAUL MOUNET.
SAGNARD..................		REBEL.
BERRU....................		COLOMBEY.
FÉLICIE..................	Mmes	DHEURS.
FRANÇOISE................		NOÉMIE.
PAULINE..................		LA PETITE GILBERTE.

Pour la mise en scène, s'adresser à M. Foucault, régisseur général, au Théâtre national de l'Odéon.

JACQUES DAMOUR

Une salle à manger, séparée d'une boucherie par un vitrage à carreaux dépolis. Dans le vitrage, un guichet; sous le guichet, un tiroir. Porte non loin du guichet, sur la boucherie. Porte sur une petite rue, à droite, flanquée d'une fenêtre. Porte à gauche. Buffet, table, chaises en acajou.

La scène est aux Batignolles.

SCÈNE PREMIÈRE

SAGNARD, FÉLICIE, PAULINE, FRANÇOISE.

(Sagnard, assis devant la table, est en train de parcourir un journal. Pauline et Françoise sont prêtes à sortir.)

FÉLICIE.

Eh bien! c'est entendu, n'est-ce pas, Françoise?... Vous allez faire un tour de square, pas trop long, et si la petite a faim, vous lui achèterez un gâteau, à la boulangerie.

FRANÇOISE.

Oui, madame.

FÉLICIE, à Pauline.

Toi, Pauline, je te défends de jouer avec les gamins. Tu m'entends ?

SAGNARD.

Tiens ! il y a encore des amnistiés revenus d'hier... (Parcourant l'alinéa du journal.) Trois cents... Ils ont subi une tempête, au départ de Nouméa..., et leur bateau a failli couler à fond. (Lâchant le journal.) C'est ça qui n'aurait pas été de la chance, par exemple !... Hein ? Félicie, les pauvres diables !... au moment de revoir le pays !

FÉLICIE.

En effet.

PAULINE, tendant la joue à sa mère.

Adieu, maman. (Félicie l'embrasse.)

PAULINE, près de la porte.

Bonsoir, mon papa.

SAGNARD, qui a repris sa lecture.

Comment ! on n'embrasse plus son père, avant de s'en aller ?

PAULINE.

Mais si... C'était pour rire. (Elle court vers lui.)

SAGNARD.

A la bonne heure. (Il la prend dans ses bras et la balance.) Houp là !... houp là ! mademoiselle.

PAULINE, bas à Sagnard.

Donne-moi deux sous.

SAGNARD, bas aussi, riant et cessant de la balancer.

Deux sous ! pourquoi faire ?

PAULINE, toujours bas.

Pour acheter une balle.

SAGNARD, la déposant à terre.

Pour acheter une balle?... Hum! (Il feint de se cacher de Félicie, fouille dans sa poche, y prend deux sous et les lui donne.) Ma foi, puisque la maman ne regarde pas..., voilà!

PAULINE.

Merci, papa. Viens-tu, Françoise? (Elle sort avec Françoise.)

FÉLICIE, de la porte.

Prenez garde aux voitures.

SCÈNE II

FÉLICIE, SAGNARD.

SAGNARD, bâillant et s'étirant.

Je vais monter faire un somme (Il bâille encore), car, lorsqu'on a passé, comme moi, toute sa nuit aux abattoirs...

FÉLICIE.

Le fait est que tu dois être joliment fatigué, mon pauvre homme!... Tu travailles trop, beaucoup trop.

SAGNARD.

Bah! une couple d'heures sur l'oreiller, et il n'y paraîtra plus!

FÉLICIE.

Tu dis ça, mais je te le répète, tu travailles beaucoup trop.

SAGNARD.

Et si je veux, moi, que ma femme ait de belles robes pour s'habiller, quand elle sort !... (Félicie secoue la tête.) Et si je veux que notre boucherie soit la plus appétissante et la mieux achalandée du quartier !... La pratique ne nous récompense-t-elle pas, d'ailleurs ?... Écoute, le jour où nous nous retirerons des affaires, à la campagne, il nous faut un cabriolet, n'est-ce pas ? (Félicie secoue encore la tête.) Comment irions-nous voir l'enfant sans ça, quand elle sera mariée, dans nos environs ?... Eh bien, je gagne notre cabriolet. Et puis, tu sais, lorsqu'on n'a pas l'œil sur les garçons, bonsoir..., plus personne.

FÉLICIE.

Je suis contente de t'avoir connu, va! Il n'y a pas de meilleur homme que toi sur la terre, pour sûr. (Avec tendresse.) Dis-moi, tu ne regrettes rien?

SAGNARD.

Qu'est-ce que tu me chantes là?

FÉLICIE.

Je n'avais rien; tu venais de me tirer de ma misère, en me prenant comme dame de comptoir... Suis-je bien ce que tu espérais en m'épousant?

SAGNARD.

En voilà des questions ! Va, je savais bien ce que

je faisais, car je t'avais jugée : je te voyais si honnête, le cœur et la tête solides. Aujourd'hui, je pourrais m'en aller que la maison n'en marcherait pas plus mal. Il n'y a pas, dans tout le quartier, de femme mieux entendue que toi et d'homme plus heureux que moi... (Sur un geste de Félicie.) Tu t'en doutes bien un peu, voyons...

FÉLICIE.

Je t'aime, c'est vrai! plus que je n'ai aimé personne... Dieu sait pourtant si j'avais encore envie de tâter du mariage!

SAGNARD.

Oui, tu n'avais pas eu de veine avec ton premier mari.

FÉLICIE.

Oh! il n'a jamais été méchant... Je ne peux pas dire qu'il ait été méchant, même lorsqu'il rentrait si furieux, sous la Commune, après s'être battu avec ceux de Versailles... Et puis, il est mort, n'est-ce pas?... il y a déjà plus de huit ans..., noyé..., en cherchant à s'échapper, là-bas. Tiens! rien que d'y penser, j'en ai des frissons... Je sais bien qu'il aurait pu s'occuper un peu plus de moi, de son enfant, et un peu moins de sa politique, de sa gueuse de politique. N'importe! des fois, je pense à lui, malgré moi.

SAGNARD.

A cause des journaux, je comprends... Ils ne parlent plus que des amnistiés... C'est de ma faute aussi, et je n'aurais pas dû te lire ces nouvelles tout à l'heure encore.

FÉLICIE.

En arrive-t-il de ces malheureux, tous les jours!... Dire qu'il aurait pu être de ceux-là!

SAGNARD.

Tu le voudrais?

FÉLICIE.

Moi?... Non, non, certes! Je ne suis pas ingrate: je n'oublie pas ce que tu as fait pour moi!... Et notre Pauline? Pauvre petit chat!... Et puis, je t'aime... Tu désires te le faire répéter, hein? (Elle l'embrasse.) Mon brave homme, va! — O-o-oh! tu n'as donc pas mis de cravate aujourd'hui?... Tu oublieras donc, chaque matin, de mettre ta cravate?

SAGNARD, radieux.

C'est toi qui me fais perdre la tête... Tiens! je n'ai plus envie de dormir à présent!

FÉLICIE.

N'empêche que tu vas te coucher quand même... Voyons, une heure, une heure seulement... pour te défatiguer un peu... Une heure! ce n'est pas beaucoup!

SAGNARD.

Tu me promets de venir me réveiller dans une heure?

FÉLICIE.

Je te le promets.

SAGNARD, après l'avoir embrassée

Alors je monte... (S'arrêtant au moment de sortir.) C'est égal! ils commencent à m'embêter, tous ces journaux, avec leurs amnistiés !... Je n'en achèterai plus... (A Félicie.) A tout à l'heure.

(Il sort.)

SCÈNE III

FÉLICIE, puis BERRU. (Félicie rôde un instant à travers la chambre, ouvre et referme des tiroirs. — Berru entre par la porte qui donne sur la petite rue. Il est gris, un peu.)

BERRU.

Bonjour, madame Sagnard.

FÉLICIE.

Berru !

BERRU.

Lui-même, madame Sagnard, ma belle madame Sagnard... Hein ! y a-t-il longtemps qu'on ne s'est vu?... bientôt huit ans!

FÉLICIE.

Berru !

BERRU.

Eh! oui, Berru! ce rigolo de Berru!... un ami, quoi!... le copain de votre premier mari, Jacques Damour! (Un silence.) J'ai donc bien vieilli, bien changé, que je vous étonne tant que ça? (Un silence.) Et moi qui venais en vieux camaro, là, comme du temps de ce pauvre Jacques! (Nouveau silence.) Vous m'en voulez donc toujours ? (Geste de Félicie.) Bé! quoi! Damour à la Nouvelle, vous étiez bien libre de ne pas vouloir de moi!,.. On se fait un doigt de cour, on ne se convient pas; ce n'est pas une raison pour chercher à se manger le nez... Ça aurait marché, tant mieux! Ça n'a pas été, tant pis! fallait pas que j'y aille!

FÉLICIE, durement.

Qu'est-ce qu'il y a pour votre service?

BERRU.

Je passais... Alors, je me suis dit : entrons voir Mme Sagnard.

FÉLICIE.

Eh bien! vous m'avez vue... Bonsoir!

BERRU.

Vous êtes dure, madame Sagnard... On ne peut donc pas venir demander des nouvelles des amis?... Et votre fille Louise, qu'est-elle devenue?

FÉLICIE, troublée.

Louise, Louise... Ce n'est pas pour elle que vous venez, n'est-ce pas? Alors, quoi? Qu'est-ce que vous me voulez?

BERRU.

Votre homme d'aujourd'hui, le citoyen Sagnard, est-il là?

FÉLICIE.

Oui, il dort. Vous désirez lui parler?

BERRU.

Pas plus qu'à vous... Comme vous êtes pressée, attendez donc!... (Promenant un coup d'œil sur l'ameublement.) Ah! mais... ah! mais... dites donc..., mâtin! Nom de nom! elle est cossue, votre cambuse!... De l'acajou, comme s'il en pleuvait! Une vraie salle à manger de mirliflor! C'est plus rupin que chez vous, autrefois... Vous rappelez-vous la rue des Envierges, à Ménilmontant? Moi, je vous y vois encore... Il y avait trois pièces : la vôtre, où vous couchiez avec Damour, celle de votre beau-frère Eugène, de ce pauvre Eugène... (Il ôte sa casquette.) Fusillé!... Et une salle à manger où on avait placé les étaux pour travailler, — sans compter la cuisine et le cabinet de Louise... Y avons-nous gobeloté dans ce logement-là!... Vous n'aviez pas de beaux meubles à cette époque, mais on rigolait tout de même... N'est-ce pas, madame Sagnard? (Un silence.) Mon rêve, à moi, aurait été de vous voir installée comme vous l'êtes ici, mais avec mon vieux Damour.

FÉLICIE.

Est-ce fini? Allez-vous me laisser tranquille?... Comment avez-vous osé vous présenter chez moi? vous! car je sais bien ce que je sais, peut-être! C'est vous qui avez troublé mon premier ménage... (Geste de protestation de Berru.) Oui, c'est vous qui avez débauché Damour; c'est vous qui lui avez mis un fusil entre les mains... (Nouvelle protestation de Berru.) Et s'il n'avait pas fréquenté de mauvaises compagnies...

BERRU.

Il ne fréquentait que moi.

FÉLICIE.

Ça suffisait.

BERRU.

Empoche, mon garçon... Ah! bon Dieu, voilà pourtant comme on vous juge! et ce sera toujours comme ça! Cependant, je lui en ai assez épargné de bêtises! S'il m'avait écouté, jamais on ne l'aurait expédié à Nouméa... Vous m'entendez?... Ja—mais. (Haussement d'épaules de Félicie.) Je m'en suis bien tiré, moi.

FÉLICIE.

Vous ne vous êtes pas battu. Vous étiez dans l'intendance.

BERRU.

Qu'est-ce que ça fiche? (A voix presque basse.) On n'a donc pas de fusils dans l'intendance? (Après avoir regardé autour de lui.) Ce que j'en ai démoli! (Haut.) Seulement, après, j'ai été malin.

FÉLICIE.

Trop malin.

BERRU.

Avec ça que vous n'avez pas été maligne, vous? Vous ne vous en êtes donc pas tirée? Une fois Damour disparu, est-ce que vous n'avez pas épousé un riche des riches, le plus gros boucher des Batignolles? Comment appelez-vous ça, vous?... Se sacrifier? Oh! là, là.

FÉLICIE.

J'ai fait ce que j'ai voulu.... Et en voilà assez, n'est-ce pas?... Je vous connais, et je vous répète que c'est vous qui avez dérangé Damour, qui était le meilleur des hommes. Oh! ce n'est pas non plus que vous soyez méchant; mais vous êtes un paresseux et un noceur, on est sûr de vous voir arriver, quand on a un bon morceau et du vin à pleins litres.... Oui, oui, vous sentez la fricassée de loin.

BERRU.

Il n'y a pas de mal à ça.

FÉLICIE.

Pendant le siège, vous vous êtes fourré chez nous pour manger notre pain blanc. Eh bien! mon brave, vous vous trompez, si vous pensez que ça va recommencer ici. On ne godaille plus, faites-moi le plaisir de prendre la porte.

BERRU.

Bon! bon! nous verrons ça tout à l'heure... Vrai, vous avez tort de faire tant la fière. Croyez-vous, ma belle madame Sagnard, que si Damour revenait, il ne vous étranglerait pas, vous et toute la séquelle!

FÉLICIE.

Damour est mort.

BERRU.

Une supposition qu'il ne serait pas mort..., qu'il serait à m'attendre sur le boulevard, à deux pas...

FÉLICIE, l'interrompant.

C'est tout ce que vous étiez venu me raconter?

BERRU.

Peut-être!

(On frappe au guichet de la boucherie. Félicie va l'ouvrir.)

UNE VOIX D'HOMME.

Deux livres de filet à 2.25.

(Berru va vers la porte de la rue, l'ouvre et appelle d'un signe Damour, qui entre et se tient derrière lui.)

FÉLICIE.

Ça va bien, mademoiselle Marie?

UNE VOIX DE FEMME.

Très bien, madame. Et l'enfant?

FÉLICIE.

L'enfant se promène.... Je vous remercie. (Elle rend de la monnaie, referme le guichet, et la main dans son tiroir, remue un instant l'argent.)

FÉLICIE, se retournant, à Berru.

Comment! vous êtes encore là? Vous n'avez pas fini de m'ennuyer?

BERRU.

Moi, si. (S'effaçant.) Mais tenez! voilà un camarade qui veut causer avec vous.

SCÈNE IV

LES MÊMES, DAMOUR, misérablement vêtu, la barbe longue.

FÉLICIE, sans reconnaître Damour.

Vous avez quelque chose à me demander?...

(Un silence.) Qu'y a-t-il pour votre service, monsieur?... (Étouffant un cri et lâchant dans le tiroir la poignée de monnaie qu'elle a gardée.) Vous!... Comment! c'est vous! c'est vous? (Damour reste silencieux.)

BERRU.

Oui, il y a quinze jours qu'il vous cherche... Alors, il m'a rencontré, et je l'ai amené... Les amis sont les amis.

FÉLICIE, se remettant peu à peu.

Voyons, Jacques, que viens-tu demander? (Nouveau silence.) Je me suis remariée, c'est vrai. Mais il n'y a pas de ma faute, tu le sais... Je te croyais mort, et tu n'as rien fait pour me tirer d'erreur.

DAMOUR.

Si, je t'ai écrit.

FÉLICIE.

Tu m'as écrit?

DAMOUR.

Puisque je te le dis.

FÉLICIE.

Je te jure que je n'ai pas reçu tes lettres... Tu me connais, tu sais que je n'ai jamais menti... Enfin, tu étais mort... Et, tiens! j'ai l'acte ici, dans un tiroir. (Elle va au secrétaire, l'ouvre, en tire un papier et le donne à Damour, qui se met à le lire d'un air hébété.)

DAMOUR, bégayant.

L'acte... l'acte...

FÉLICIE.

Alors, je me suis vue toute seule, j'ai cédé à l'offre d'un homme qui voulait me sortir de ma misère et de mes tourments... Voilà toute ma faute... Ce n'est pas un crime, n'est-ce pas? et tu n'as rien à me reprocher. Je me suis laissée tenter par l'idée d'être heureuse.

DAMOUR.

Tu ne l'avais donc pas été autrefois avec moi?

FÉLICIE.

Pas toujours, Jacques... Rappelle-toi.

DAMOUR.

Je t'ai écrit... Je ne vois que ça, moi.

FÉLICIE.

J'avais changé d'adresse, de quartier. On me chassait de partout... Où étais-tu, la dernière fois que tu m'as écrit?

DAMOUR.

En Amérique. — Là-bas, à Nouméa, je n'avais plus de nouvelles de toi, je ne vivais plus, et je me suis échappé avec trois camarades qui se sont noyés. Alors, on a cru me reconnaître dans l'un d'eux. J'ai su ça par un journal.

BERRU.

Une fameuse chance que tu as eue, d'en réchapper, ma vieille!

DAMOUR.

Pas si fameuse! (Il regarde Félicie d'un air navré.)

FÉLICIE.

Qu'est-ce que tu veux? Je ne savais rien.

DAMOUR.

J'ai travaillé dans les mines d'or, pour te rapporter une fortune. Je ne pensais qu'à toi. Ce qu'il m'a fallu trimer, bon sang!... Un moment, j'ai eu près de quarante mille francs dans un vieux mouchoir. Puis, tout ça est parti. On m'a volé... Alors, je suis revenu. N'osant débarquer en France, je suis allé en Belgique, j'ai travaillé dans les mines de charbon, à Mons, sous la terre, et j'ai gagné à peine de quoi ne pas crever de faim. Tu ne m'avais pas répondu, moi aussi je te croyais morte... Un soir, dans un cabaret, j'ai entendu dire que l'amnistie était votée, et que tous les gens de la Commune pouvaient rentrer à Paris. Et je ne sais pas ce qui m'a passé par la tête, j'ai été pris de la fièvre de revenir. Je ne te voyais plus morte, je me figurais Louise grandie, je m'imaginais que vous m'attendiez, que j'allais vous retrouver rue des Envierges, que la table serait mise avec un bouquet au milieu, pour me fêter... (D'une voix étranglée.) Mais ouitche! plus souvent! Malheur de malheur!

FÉLICIE.

Mon pauvre Jacques!

DAMOUR.

A Paris, je vous ai cherchées partout... Mais à quoi bon te raconter tout ce que j'ai souffert ici! Les patrons ne voulaient pas de moi. Un communard! tu penses, il n'en fallait plus! Ailleurs, on me répondait que j'étais trop vieux... J'allais me ficher à l'eau, quand j'ai rencontré Berru.

BERRU.

Ah ! ç'a été une vraie surprise... Mais tu étais mort ! que je lui ai dit. Tu sais, mon vieux, si je m'attendais à celle-là !

DAMOUR, *à Félicie.*

Enfin, me voilà... (*Un silence.*) Où est ma fille ?

FÉLICIE.

Ta fille ?...

DAMOUR.

Oui. Où est Louise ?

FÉLICIE, *baissant la tête.*

Elle est morte.

DAMOUR, *dans un cri de douleur.*

Morte... Mon Dieu !

SCÈNE V

LES MÊMES, PAULINE, FRANÇOISE.

PAULINE, *se jetant au cou de Félicie.*

C'est nous, petite mère. Françoise a dit comme ça qu'il fallait rentrer... Oh ! si tu savais, il y a du sable, et il y a des poulets dans l'eau...

FÉLICIE, *inquiète.*

C'est bien, laisse-moi. Françoise, remmenez-la. C'est stupide de rentrer si tôt.

FRANÇOISE.

Mais, madame....

FÉLICIE.

Remmenez-la, allez ! (Sortent Pauline et Françoise.)

SCÈNE VI

LES MÊMES, moins PAULINE et FRANÇOISE.

BERRU, bas à Damour.

La petite Sagnard... Hein ? Ça pousse vite, la graine de mioches !

DAMOUR, donnant un coup de poing sur la table.

Ce n'est pas tout ça ! je suis venu pour te reprendre.

FÉLICIE, tremblante.

Assieds-toi et causons. Ça n'avance à rien, de faire du bruit... Alors, tu viens me chercher ?

DAMOUR.

Oui, tu vas me suivre et tout de suite. N'est-ce pas, Berru ?... Je suis ton mari, le seul bon. Oh ! je connais mon droit... N'est-ce pas, Berru, que c'est mon droit ?... Allons, mets un bonnet, sois gentille, si tu ne veux pas que tout le monde connaisse nos affaires. (Félicie ne répond pas.) Tu refuses ?... Je comprends, tu es habituée maintenant à faire la dame dans un comptoir ; et moi, je n'ai pas de belle boutique, ni de tiroir plein de monnaie, où tu puisses tripoter à ton aise... Puis, il y a la petite de tout à l'heure, que tu m'as l'air de soigner mieux que Louise. Quand on a laissé filer la fille, on se moque du père !... Mais tout ça m'est égal. Je veux que tu viennes, et tu viendras, ou bien je vais aller chez le commissaire de police, pour qu'il te ramène chez moi avec les gendarmes... C'est mon droit.

FÉLICIE.

Écoute, Jacques...

DAMOUR.

C'est mon droit... N'est-ce pas, Berru ?

BERRU, sentencieux, à Damour.

Oui, c'est ton droit ; mais il faut voir ; moi, je suis pour qu'on ne se fasse pas de bile. (A Félicie.) Malheureusement, le camarade est pressé. C'est dur d'attendre, dans sa position... Ah ! madame, si vous saviez ! Pas un radis, il crève de faim.

FÉLICIE.

Pardonne-moi, Jacques... (Un silence.) Ce qui est fait est fait. Mais je ne veux pas que tu sois malheureux... Laisse-moi venir à ton aide. (Geste violent de Damour.)

BERRU, vivement.

Bien sûr... (A Damour.) La maison est assez pleine ici, pour que ta femme ne te laisse pas le ventre vide... (A Félicie.) Quand vous ne lui donneriez qu'un pot-au-feu, pour qu'il se fasse un peu de bouillon.

FÉLICIE.

Oh ! tout ce qu'il voudra, monsieur Berru.

BERRU, à Damour.

Voyons, tu veux bien accepter un cadeau ?... Un pot-au-feu, et quelques côtelettes.

DAMOUR.

Merci, je ne mange pas de ce pain-là. (Venant regarder Félicie dans les yeux.) C'est toi seule que je veux, et je t'aurai.

FÉLICIE, reculant.

Mon Dieu !

DAMOUR, s'emportant.

Tonnerre ! Ce n'est donc pas assez d'avoir souffert ce que j'ai souffert, il faut encore que tu me méprises ! Tu veux donc que je casse tout ici !... Allons ! dis la vérité : si Louise est morte, c'est que tu l'as abandonnée. (Il la secoue violemment.) Ah ! si j'en étais sûr.

FÉLICIE, sans se défendre.

Oh ! Jacques !... Jacques !...

BERRU.

Du calme ! Tu vas gâter ta position.

DAMOUR.

Fiche-moi la paix. (A Félicie.) Veux-tu me suivre, oui ou non ?

FÉLICIE.

Mais je ne peux pas..., je ne peux pas...

DAMOUR.

Tu ne peux pas ?... (Il saisit une chaise et la lève.) Tiens ! je vais faire un malheur.

BERRU, *désarmant Damour.*

Eh ! pas de bêtises.

DAMOUR.

J'aime mieux m'en aller, je la tuerais !

BERRU, *à Félicie.*

C'est ça, je l'emmène un instant.

DAMOUR, *à Félicie.*

Oui, je m'en vais. Mais tu ne perdras rien pour attendre. Je reviendrai, et gare dessous, toi, la mioche et toute la sacrée baraque... Attends-moi, tu verras !

SCÈNE VII

LES MÊMES, SAGNARD.

SAGNARD, *entrant vivement.*

Qu'y a-t-il donc ? (*Félicie pétrifiée ne bouge pas.*)

DAMOUR, *furieux, le poing levé.*

Il y a...

BERRU, *à Sagnard.*

Madame Sagnard va vous raconter la chose, monsieur. Ça vaudra mieux... (*Entraînant Damour.*) Allons, viens.

(*Damour et Berru sortent par la porte de la rue.*)

SCÈNE VIII

FÉLICIE, SAGNARD.

SAGNARD, descendant.

Qu'y a-t-il ?... Qu'est-ce que ces deux hommes ?

FÉLICIE, balbutiant.

C'est... c'est Berru.

SAGNARD.

Qui ça, Berru ?

(On frappe au guichet, Félicie ouvre.)

FÉLICIE.

Combien à recevoir ?

UNE VOIX.

Sept francs cinquante, madame.

(Félicie rend de la monnaie, referme le guichet, puis se retourne toute pâle, tremblante.)

SAGNARD.

Voyons, Félicie, qu'est-ce que tu as ? Pourquoi trembles-tu ?... Quels étaient ces deux hommes ?

FÉLICIE.

Il est revenu.

SAGNARD.

Qui ?

FÉLICIE.

Mon mari.

SAGNARD.

Quel mari ?

FÉLICIE.

Damour...

SAGNARD.

Celui qui était mort?

FÉLICIE, éclatant en larmes.

Il est revenu, je te dis... Et il veut m'emmener.

SAGNARD.

T'emmener?... Mais il est fou.

FÉLICIE, sur la poitrine de Sagnard.

Il n'est pas fou... Je lui ai dit tout ce qu'on peut dire à un homme; mais il n'écoutait rien, il s'emportait, il parlait de nous massacrer.

SAGNARD, après un silence.

Veux-tu savoir ce qui me fait le plus de peine, dans tout ça? C'est que tu sois en train de te manger le sang... Il est revenu, eh bien! après? Est-ce que tu crois que je le laisserai t'emmener? Ah! non, par exemple!... Mon Dieu! ça n'a rien de drôle, je le sais bien, mais ça finira par s'arranger tout de même. Est-ce que tout ne s'arrange pas?... Je lui parlerai.

FÉLICIE.

Tu veux lui parler?

SAGNARD.

Tiens! parbleu! Ce n'est pas encore lui qui me fera peur! J'en ai vu d'autres.

FÉLICIE.

Voilà qu'ils vont se battre à présent!... Mon Dieu! que je suis donc malheureuse!

SAGNARD.

Il ne me mangera pas peut-être.

FÉLICIE, pleurant toujours, à la table, la tête sur ses bras.

Mon Dieu! mon Dieu!

SAGNARD.

Peut-on se faire de la bile comme ça! Si c'est possible!... Voyons, Félicie... (Entre la petite Pauline. Elle s'arrête interdite, regarde son père, et celui-ci lui fait signe d'aller à Félicie.)

SCÈNE IX

LES MÊMES, PAULINE.

PAULINE.

Tu pleures, maman?... Pourquoi pleures-tu?... Qui t'a fait de la peine?

FÉLICIE.

Personne, mon pauvre petit chat.

PAULINE.

Alors, ne pleure plus, maman... Ne pleure plus, dis... Tiens! donne-moi ton mouchoir, que je t'essuie les yeux... Je suis gentille, hein?... (Elle essuie les yeux de sa mère.)

SAGNARD, debout près de sa femme.

Est-ce fini?

PAULINE.

D'abord, maman, si tu pleures encore, je vais pleurer aussi, moi.

FÉLICIE.

C'est fini. (Elles s'embrassent. — Entrent Damour et Berru.)

FÉLICIE, apercevant Damour.

Seigneur! le voilà encore!

(Damour s'avance, Sagnard se place vivement entre lui et Félicie, et celle-ci se sauve, en emportant Pauline. — Un silence, durant lequel les deux hommes se regardent.)

SCÈNE X

SAGNARD, DAMOUR, BERRU.

SAGNARD.

Alors, c'est vous?

DAMOUR.

Oui, c'est moi.

SAGNARD.

Très bien... Causons.

DAMOUR, hésitant.

C'est que..., ce n'est pas à vous que je veux parler, c'est à Félicie.

SAGNARD.

Voyons, mon camarade, expliquons-nous d'abord... Que diable! nous n'avons rien à nous reprocher ni l'un ni l'autre. Pourquoi se dévorer, lorsqu'il n'y a de la faute à personne?

DAMOUR, d'une voix sourde.

Je ne vous en veux pas, laissez-moi tranquille, allez-vous-en... C'est à Félicie que je désire parler.

SAGNARD, tranquillement.

Pour ça, non, vous ne lui parlerez pas. Je n'ai pas envie que vous me la rendiez malade. Nous pouvons causer sans elle. — D'ailleurs, si vous êtes raisonnable, tout ira bien. Puisque vous paraissez l'aimer encore, voyez la position, réfléchissez, et agissez pour son bonheur à elle.

DAMOUR, violemment.

Taisez-vous! Ne vous occupez de rien, ou ça va mal tourner. (Il s'avance sur Sagnard.)

BERRU, s'interposant.

Voyons, Damour... Tu m'avais promis...

DAMOUR.

Fiche-moi la paix, hein!... De quoi as-tu peur? Tu es idiot!

SAGNARD.

Du calme! mon camarade, du calme! Est-ce que je suis en colère, moi? Quand on est en colère, on ne sait plus ce qu'on fait... (Un silence.) Écoutez, si j'appelle Félicie, promettez-moi d'être sage, parce qu'elle est très sensible, vous le savez comme moi... Nous ne voulons la tuer ni l'un ni l'autre, n'est-ce pas?... Vous conduirez-vous bien?

DAMOUR, d'un ton douloureux et profond.

Eh! si j'étais venu pour mal me conduire, j'aurais commencé par vous étrangler, vous, avec toutes vos phrases!

SAGNARD.

Alors, je vais appeler Félicie... Oh! moi, je suis très juste, je comprends que vous vouliez discuter la chose avec elle. C'est votre droit. (Frappant à la porte de la chambre.) Félicie!... Félicie! (Silence.) Félicie, viens donc... (S'impatientant; après un nouveau silence.) C'est bête, ce que tu fais là... Il promet d'être raisonnable. (Entre Félicie, les yeux rouges.)

BERRU, à part.

Voilà le coup de chien.

SCÈNE XI

LES MÊMES, FÉLICIE. (Sagnard, debout devant une fenêtre, soulève du doigt l'un des petits rideaux blancs, et affecte de regarder dehors.)

DAMOUR.

Écoute, Félicie, tu sais que je n'ai jamais été méchant. Ça, tu peux le dire... Eh bien! ce n'est pas aujourd'hui que je commencerai à l'être. D'abord, c'est vrai, j'ai voulu vous massacrer tous ici. Puis, tout à l'heure, en m'en allant, je me suis demandé à quoi ça m'avancerait... J'aime mieux te laisser maîtresse de choisir. Nous ferons ce que tu voudras. Oui, puisque les tribunaux ne peuvent rien pour nous avec leur justice, c'est toi qui décideras celui qui te plaît le mieux. Réponds... Avec lequel veux-tu aller, Félicie?

FÉLICIE, d'une voix étranglée.

Avec lequel, mon Dieu !

DAMOUR.

Oui, avec lequel ?... (Silence de Félicie.) C'est bien, je comprends, c'est avec lui que tu vas... En revenant, je savais comment ça tournerait. Et je ne t'en veux point, je te donne raison, après tout. Moi, je suis fini, je n'ai rien, enfin tu ne m'aimes plus ; tandis que lui, il te rend heureuse, sans compter qu'il y a encore la petite que j'ai vue. (Félicie pleure.) Tu as tort de pleurer, ce ne sont pas des reproches. Les choses ont tourné comme ça, voilà tout... Et, alors, j'ai voulu te dire que tu peux dormir tranquille. Maintenant que tu as choisi, je ne te tourmenterai plus... C'est fait, tu n'entendras plus jamais parler de moi... Adieu !

(Il se dirige vers la porte, Sagnard l'arrête.)

SAGNARD.

Ah ! vous êtes un brave homme, vous, par exemple !... Ce n'est pas possible qu'on se quitte comme ça. Vous allez dîner avec nous.

DAMOUR.

Non, merci.

BERRU.

Comment, tu refuses?

SAGNARD.

Au moins, nous boirons un coup. Vous voulez bien acccepter un verre de vin chez nous, que diable?

DAMOUR, les yeux sur Félicie qui le supplie du regard.

Oui, tout de même.

BERRU, gaîment.

Allons donc !

SAGNARD, enchanté.

Vite, Félicie, des verres ! Nous n'avons pas besoin de la bonne... Quatre verres. Il faut que tu trinques, toi aussi. (A Damour.) Ah ! mon camarade, vous êtes bien gentil d'accepter, vous ne savez pas le plaisir que vous me faites ; car, moi, j'aime les bons cœurs, et vous êtes un bon cœur, vous, j'en réponds !

BERRU.

Pour sûr que c'est un bon cœur ! (Tapant sur le ventre de Damour.) Hé ! ris donc maintenant, mon vieux lapin.

(Damour sourit tristement. Félicie a versé à boire. — Un court silence.)

SAGNARD.

A la vôtre ! (Il tend son verre. Félicie tend également le sien.)

DAMOUR, trinquant avec Félicie.

A la vôtre.

(Ils boivent en silence.)

BERRU.

Fameux, ce vin-là !

VOIX DE PAULINE, du dehors, tapant à la porte.

Maman !... maman !...

FÉLICIE.

Tout de suite.

DAMOUR, après avoir remis son verre sur la table.

Voilà! Adieu tout le monde!

(Il sort.)

Jacques Damour avait déjà été joué au théâtre libre par MM. Antoine, Hanryot, Brévern, et Mlle Barny, le 30 mars 1887.

11400. — BOURLOTON. - Imprimeries réunies, A, rue Mignon, 2, Paris.

www.ingramcontent.com/pod-product-compliance
Ingram Content Group UK Ltd.
Pitfield, Milton Keynes, MK11 3LW, UK
UKHW012121240726
13965UKWH00005B/1881